Signora Rosa
El Shaddaj

D1721587

Signora Rosa

El Shaddaj

Re Di Roma-Verlag

Bibliografische Information durch
Die Deutsche Bibliothek:
Die Deutsche Bibliothek verzeichnet diese Publi-
kation in der Deutschen Nationalbibliografie; de-
taillierte bibliografische Daten sind im Internet
über http://dnb.ddb.de abrufbar.

ISBN 978-3-940450-47-0

www.rediroma-verlag.de

6,80 Euro (D)

Für

meinen geliebten Vater

El Shaddaj
und
das Geheimnis aus der Urzeit

Es war ein Tag wie viele andere, die Sonne schien von einem blauen Himmel, die Menschen strebten mehr oder weniger eilig ihrem Ziel entgegen. Manche genossen die warmen Sonnenstrahlen eines milden Spätsommertages, andere hatten in der Hektik ihres Alltages nicht einmal Zeit für einen freundlichen Gruß. Nichts deutete darauf hin, dass dieser Tag für mich von großer Bedeutung werden würde.

An diesem Tag begann für mich eine Freundschaft, deren Tragfähigkeit und Tiefe sehr stark ist und die bis heute angehalten hat. Sie hat meine Sichtweise in vielen Dingen verändert und mein Bewusstsein auf eine neue Ebene gebracht. Sein Name ist Emmanuel und er besitzt eine außergewöhnliche Persönlichkeit. Ihn wirklich kennen zu lernen, benötigt ein ganzes Leben oder mehr. Auch heute noch überrascht Emmanuel mich immer wieder mit einer neuen Seite seines Wesens.

Ich habe viel mit ihm gelacht. Er lehrte mich zu singen und zu tanzen. Er ermutigte mich, Dinge zu wagen, derer ich mich nicht für fähig gehalten habe. Bei so manchem Blödsinn, den ich angestellt habe, war er da und fing mich auf.

Es gab Zeiten, in denen ich ihm ziemlich heftig meine Meinung kundtat. Und es gab Zeiten, in denen ich mich bei ihm ausgeweint habe, ohne dass ich gleich eine Heulsuse genannt wurde. Er lehrte mich, das Sichtbare und das Unsichtbare zu sehen. In den Jahren unserer Freundschaft (inzwischen ist es eine recht ansehnliche Zahl von Jahren) half er mir aus so mancher Klemme, in die ich geraten war, wieder heraus.

Musik und Tanz, ein gelungenes Essen und einen guten Wein genießt Emmanuel ebenso wie die Stille eines taufrischen Morgens. Auf dem Parkett der Reichen und Schönen bewegt er sich so selbstverständlich wie bei einem Picknick im Grünen. Er fühlt sich auf Familienfesten zu Hause und nimmt sich gerne Zeit für Kinder, aber er liebt es auch, über die zentralen Dinge des Lebens zu sprechen.

Von Anfang an war diese Freundschaft etwas Besonderes. Emmanuel stärkte mein Selbstbewusstsein und gab mir das Gefühl, wirklich zu leben.

Wer ist dieser Mann?

Lassen Sie uns den Versuch starten, jemanden kennen zu lernen, dessen Persönlichkeit Ihr Denken sprengen wird. Emmanuel, den Freund aus meinen Kindheitstagen; den besten Freund meines gesamten Lebens.

Lassen Sie sich hinein nehmen in eine Geschichte, bei der Ihr Verstand ein wenig im Weg sein könnte …

Versuchen Sie, ihn abzuschalten und ein bisschen zu träumen …

Um Emmanuel zu verstehen, sollte man seine Wurzeln kennen. Es ist wichtig zu wissen woher er kommt und wer er ist.

Dazu werden wir ziemlich weit zurückgehen müssen …

… Unsere Erde, wie wir sie heute kennen, existierte noch nicht. Es gab weder Menschen noch Tiere, keine Wälder und Wiesen, weder Flüsse noch Seen. Nichts. Ein uraltes Buch berichtet uns, dass lange, ehe irgendetwas existierte, wie wir es heute kennen, nur drei Personen lebten:

Da war El Shaddaj - der Vater,

auch genannt der Allmächtige, der Allwissende, der Herrscher des Universums, manche nennen ihn El Elohim, den Kreativen. Man sagt, von ihm ginge alles Leben aus.

Die zweite Person war Jeshua, der Sohn,

genannt Emmanuel oder El Rachim, der Barmherzige.

Und es gab den Geist,

den man die Kraft nannte, die Macht, den Heiligen.

Diese drei Personen lebten in einem erstaunlichen Reich unvergleichlichen Wohlbefindens. Niemand konnte sagen, wo genau diese unglaubliche Welt existierte oder wie man dorthin gelangen könnte. Es war eine Welt voll unaussprechlicher Dinge, voll atemberaubender Schönheit und unbändigem Leben. Da gab es Töne, die Sie noch nie gehört haben. Diese Töne sind fähig, Sie in Ekstase zu versetzen. Es gab berauschende Farben, die pulsierende Energie hervorzuzaubern. Tiefe Harmonie und übersprudelndes Leben, endlosen Frieden und tiefe Ruhe.

Eine atemberaubende Welt, die man sich in den kühnsten Träumen nicht ausmalen kann.

Streit, Eifersucht, Betrug existierten nicht. Es gab weder Mobbing, noch Stress und es gab keinerlei Zeitdruck.

Ihre Beziehung war geprägt von gegenseitiger Achtung und Anerkennung. Sie hatten lediglich eine einzige Regel in dieser grenzenlosen Welt. Und sie genügte. Diese eine Regel schuf einen unendlichen Freiraum an Freude, Freiheit und Energie, wie wir es heute auch nicht annähernd kennen. Sie war sehr einfach: Einer sollte den anderen höher achten als sich selbst.

Emmanuel, El Shaddaj und der Geist sprachen Worte, die unser Denken sprengen. Sie erschufen

Melodien von unsagbarer Schönheit. Sie erfanden den Tanz, die Musik und unendlich viel mehr. Alles Wissen und jede Erkenntnis nahm ihren Anfang in den Gedanken dieser drei besonderen Wesen. Es gibt keine Worte, sie wirklich zu beschreiben und es gibt keine Bilder, die ihr gesamtes Sein, ihre ganze Schönheit auch nur annähernd erfassen könnten.

Eines Tages beschlossen El Elohim, der Geist und der Sohn, ganz besondere Wesen ins Leben zu rufen. Schön, stark und mächtig sollten sie sein. Dienstbare Geister sollten es werden.

Mit Begeisterung gingen sie ans Werk und es machte ihnen sichtlich Spaß, diese Lebewesen ins Dasein zu rufen. Sie ließen ihrer Fantasie freien Lauf, und es entstanden sehr individuelle Persönlichkeiten, die zu beschreiben uns die Worte fehlen würden. Jeder der Drei überraschte den anderen mit einem besonders gelungen Exemplar.

Schließlich war das Werk vollendet. Der Vater, der Heilige und Emmanuel stimmten überein. Sie hatten exzellente Arbeit geleistet. Jede dieser beeindruckenden Kreaturen hatte ein sehr individuelles Aussehen erhalten und ganz besondere Eigenschaften. In dem uralten Buch kann man lesen, dass manche der dienstbaren Geister einen Fuß auf einen Berg und den anderen Fuß in die

Mitte des Meeres setzen können. Sie waren schon wirklich außergewöhnlich.

Diese unglaublichen Geschöpfe sind mächtig, und sie dienen El Shaddaj Tag und Nacht.

Wir wissen nicht wirklich viel über die Welt El Shaddajs. Und manches wird noch lange ein Geheimnis bleiben. Werden wir je die Gelegenheit haben, diese Welt kennen zu lernen und all das zu entdecken, was diese Drei seit unendlichen Zeiten genießen?

Eines Tages fand ungefähr folgende Unterhaltung zwischen El Elohim und Emmanuel statt:
El Elohim sagte: „Wie wäre es, wenn wir jemanden erschaffen, der so ähnlich ist wie wir selbst? Keine dienstbaren Geister, sondern ein Gegenüber, dem wir uns mitteilen, eine Persönlichkeit mit einem eigenen Willen, die fähig ist, sich weiter zu entwickeln, zu lernen, zu erfinden, zu fühlen. Eine Persönlichkeit, die schöpferische Gaben entwickeln kann und der wir Anteil an dem Leben gewähren, das wir genießen."

El Shaddaj hatte entschieden, ein Gegenüber zu erschaffen, das nicht statisch sein würde, sondern das fähig war, sich zu entwickeln. Das fähig war, mit ihm zu kommunizieren, ihn zu verstehen und in ein Leben hineinzuwachsen, die dem des Vaters und des Sohnes ähnlich wäre. Er hatte entschieden, den Menschen ins Dasein zu rufen. Damit hatte er letztendlich beschlossen, Sie und mich zu erschaffen.

Dieser Gedanke überforderte die dienstbaren Geister völlig. Sie waren mächtig, sie waren mit großer Intelligenz ausgestattet, doch dieses Vorhaben ging weit über ihren genialen Verstand hinaus.

Das Gespräch zwischen El Shaddaj und Emmanuel fand seinen Höhepunkt in dem Satz: „Wir werden diese Wesen von ganzem Herzen lieben."

Diese Aussage war von einer solchen Tragweite, dass niemand im ganzen Universum sie wirklich erfassen konnte. Wir wollen sehen, ob Sie verstehen können, was es bedeutet, wenn El Shaddaj der Schöpferische sagt: „Ich liebe Dich." El Shaddaj ist in seinem Wesen unveränderlich. Und so ist auch seine Liebe. Sie ist nicht schwankend oder von Launen abhängig und auch nicht von dem was das Wesen leistet, das er liebt.

Diese drei kleinen Worte umfassen mehr, als die meisten Menschen ahnen. Sie sagen Folgendes aus:

Was immer Sie auch tun, Sie können den Vater niemals dazu bringen, Sie mehr zu lieben, als er es bereits tut.

Aber:
Genau so wenig werden Sie jemals in der Lage sein, etwas zu tun, das El Shaddaj, den Mächtigen, dazu bringen könnte, Sie weniger zu lieben, als er es jetzt in diesem Augenblick tut.

Die Dimension dieser Zusage ist von einer solchen Tiefe, dass der menschliche Verstand sie nicht wirklich bis ins Letzte erfassen kann.

Es gibt Gedanken, die El Elohim nur über Sie ganz persönlich denkt und sonst über kein anderes Wesen.

Keine andere Person wird jemals in der Lage sein, das Herz El Shaddajs in der Art zu berühren, in der Sie das tun. Es gibt einen Platz in seinem Herzen, der nur für Sie bestimmt ist. Wenn Sie sich entscheiden, diesen Platz nicht einzunehmen, bleibt er leer. Es gibt Sie nur ein einziges Mal und Sie sind durch nichts und niemanden zu ersetzen. Der Vater schaut Sie in diesem Augenblick an und ist begeistert. Er denkt: Habe ich ihn nicht ganz toll hingekriegt? Habe ich sie nicht ganz bezaubernd erschaffen?

El Elohim liebt Sie, weil Sie so sind, wie Sie sind. Diese Liebe ist nicht bezahlbar. Es ist keine Bedingung daran geknüpft. Diese Liebe ist völlig umsonst.

<u>Lassen Sie mich eine Frage stellen:</u>

Wie viel sind Sie wert?
1 Million Euro? 3 Millionen?

Wenn wir in einen Laden gehen und alle Stoffe kaufen könnten, die so Ihren Körper ausmachen, das wäre nicht so teuer. Der stoffliche Wert eines Menschen ist ziemlich niedrig.

Die tiefe Wahrheit ist, Sie als menschliche Persönlichkeit sind mehr wert als das gesamte Gold, das auf unserem Planeten existiert.

Sie sind nicht etwa wertvoll, weil Sie ziemlich weit oben auf der Karriereleiter stehen oder weil Sie so lange studiert haben oder sich sozial engagieren oder eine gute Ehe führen.

Nein. Sie sind deshalb wertvoll, weil El Shaddaj, der Mächtige, Sie erschaffen hat und Sie liebt.
Das können Sie nachlesen, in dem uralten Buch der Liebe.

Nehmen Sie sich doch einen Moment Zeit und schauen Sie auf Ihre Hände. Diese Hände, die Sie jetzt betrachten, sind sehr kostbar, weil der Vater sie als kostbar erachtet. Betasten Sie doch einmal Ihr Gesicht, Ihre Nase. Fühlen Sie Ihre Haare. Tun Sie es ruhig.

Sie haben gerade eine Person berührt, wie es keine zweite in unserem gesamten Universum gibt. Sie sind jemand, für den das Herz El Shaddajs in diesem Moment schlägt. Berühren diese Worte nicht etwas tief in Ihrem Inneren, nachdem Sie sich schon immer sehnten?

El Shaddaj schaute Emmanuel an und wartete gespannt, wie er auf seine Idee, völlig selbstständige Persönlichkeiten zu erschaffen, reagieren würde. Emmanuel war begeistert und die Vorfreude auf dieses neue Gegenüber zauberte ein erwartungsvolles Lächeln auf das Gesicht der beiden.

Diese neuen Geschöpfe würden völlig selbstständig sein, ideenreich, neugierig, voll mit Elan und Begeisterung. Sie sollten eine Kraft erhalten, die fähig war, Neues zu schaffen. Sie würden Gedanken denken, die noch niemand gedacht hatte und sie würden Dinge tun, die vorher noch niemand getan hatte. Es sollte nicht eine einzige Kopie dieser Persönlichkeiten geben, egal, wie viele es werden würden. Jedes neue Geschöpf würde in seiner Art einzigartig werden und fähig sein, sich zu entwickeln, Entscheidungen zu treffen und das Leben individuell zu gestalten.

Außergewöhnliche Geschöpfe benötigen eine außergewöhnliche Umgebung. So gingen die Drei gemeinsam daran, einen Ort zu gestalten, der den Fähigkeiten der neuen Wesen gerecht werden würde. Einen Ort, der nicht statisch war und der den kommenden Wesen die Möglichkeit gab, sich zu entfalten, Neues zu entdecken, über sich selbst hinaus zu wachsen. Und doch musste es auch ein Ort sein, der Geborgenheit und Sicherheit ausstrahlte.

Die kreativen Kräfte der drei Freunde kamen von neuem voll zum Tragen. Sie entfachten ein gewaltiges Feuerwerk an Formen und Farben, an sich entwickelndem Leben.

Das Meer war entstanden, mit seiner enormen Vielfalt an unterschiedlichsten Arten. Gewaltige Berge trotzten den Winden in majestätischer Schönheit, mächtige Flüsse und unendliche Wälder quollen über von fantasievollen Pflanzen und einer enormen Vielfalt an erstaunlichen Lebewesen. Überall formte sich Leben, das fähig war, sich zu verändern, sich zu vermehren. Ein ausgeklügeltes Zusammenspiel der Naturkräfte hielt das Ganze in Balance.

An alles war gedacht. Es gab kuschelige Plätze, sich zu erholen, unendliche Weiten, die es zu erkunden galt und imposante Berge, die erobert werden wollten. Das samtweiche Wasser war herrlich zu trinken und wenn man sich hineingleiten ließ, umspülte das erfrischende Nass die Haut wie eine sanfte Liebkosung.

Sie hatten sichtlich Spaß daran, Dinge zu erschaffen, die den Menschen in Erstaunen versetzen würden und über die sie lachen könnten. Es gab lustige kleine Affen, die sich von Baum zu Baum schwangen und vor denen nichts sicher war. Samtweiche Kätzchen vergnügten sich in taufrischem Gras, farbenfroh schillernde Papageien nagten versunken an köstlichen Früchten. Imposante Pferde warteten auf einen ebenbürtigen Reiter. Die wärmenden Strahlen der Sonne spiegelten sich in unendlich klaren Bergseen. Eine ungeheure Vielfalt an wohlschmeckenden Früchten wartete darauf, gekostet zu werden. Es entstanden kleine, zarte Blumen ganz oben in den majestätischen Bergen, einzig für die Möglichkeit, dass vielleicht irgendwann jemand dort hochklettert und sich an ihnen freut.

Welch eine Verschwendung – Ja, El Shaddaj dachte verschwenderisch. Er ließ seiner Gebernatur freien Lauf und es entstand eine Welt voll aufregender Aspekte, voll ungeahnter Möglichkeiten. El Shaddaj, Emmanuel und der Heilige betrachteten das vollendete Werk und es gefiel ihnen überaus gut.

Der Zeitpunkt, die neuen Wesen ins Dasein zu rufen, war gekommen.

An irgendeinem Platz dieser Erde, niemand weiß genau wo, nahm El Shaddaj eine Handvoll Erde und formte sie. Er tat das ganz besonders liebevoll und vorsichtig.

Das ganze Universum schaute zu und hielt den Atem an. Was hier geschah, war, wie wenn jemand auf den Knopf eines Computers drückt und genau weiß: Dieser Computer wird nun niemals mehr zum Stillstand kommen. Er wird für alle Zeiten weitergehen ...

Versonnen betrachtete Emmanuel das Wesen in den Händen El Elohims. Es war sehr schön geworden. Das Herz des Vaters schlug schneller. Er wandte sich diesem kleinen Geschöpf zu ... und hielt inne.

El Shaddaj schaute Emmanuel an und fragte: „Was ist, wenn dieses Wesen, das wir hier erschaffen, sich all das anschaut, was wir für es getan haben und sich dann von uns abwendet?" –

Der Gedanke schmerzte.

Das neue Wesen würde einen freien Willen haben. Es konnte sich entscheiden, die Liebe El Shaddajs anzunehmen oder für sich selbst zu leben.

Gemeinsam überdachten sie noch einmal den gesamten Plan und trafen dann eine Entscheidung:

Von ihrer Seite aus würde alles geschehen, damit der Mensch sich nicht von ihnen abwendet. Es war eine ganze Zeit lang still zwischen den Freunden. Jeder der Drei schien in seine eigenen Gedanken versunken zu sein.

Dann schaute Emmanuel dem Vater direkt in die Augen und machte folgende unglaubliche Aussage. „Wenn sie sich doch von uns abwenden, werden wir sie weiterhin mit unserer Liebe umgeben. Und sollte es jemals nötig sein, bin ich bereit, mein Leben für sie einzusetzen."

Keiner der dienstbaren Geister verstand den Sinn dieser Worte. Und doch wurde an diesem Tag eine Entscheidung für die Ewigkeit getroffen, deren Tragweite nur dem Vater, dem Geist und dem Sohn selbst zu diesem Zeitpunkt klar war.

Der Vater wandte sich erneut diesem kleinen Geschöpf zu, das ein klein wenig wie … ja, ein klein wenig wie Gott selbst aussah und hauchte es an.

Der erste Mensch öffnete die Augen und wurde ein lebendiges Wesen. Da nahm El Shaddaj ihn in seine Arme und drückte ihn an sein Herz. Vom ersten Augenblick an liebte er ihn.

Er war prächtig geworden, dieser neu erschaffene Mensch. Sein Gehirn funktionierte perfekt, sein bewundernswerter Körper würde noch so manches Frauenherz schneller schlagen lassen und - er war ein richtiger Mann. Er konnte laufen, wie Sie nie jemanden laufen sahen. Er konnte springen, wie Sie nie jemanden springen sahen.

El Shaddaj schaute ihn an und sagte: „Komm, ich möchte dir etwas zeigen." Der erste Mensch sprang auf ein grandioses Pferd. Seine Begeisterungsrufe waren weithin zu hören. Es waren herrliche Stunden, die das neue Geschöpf auf dem Rücken dieses imponierenden Tieres verbrachte. Er hielt an den Ufern der unglaublich blauen Seen an und erfrischte sich mit einem Sprung in das klare, reine Wasser. Er pflückte köstliche Früchte von exotischen Sträuchern und lagerte im samtweichen Gras.

Dann zeigte ihm El Shaddaj den quirligen, kleinen Affen und sie amüsierten sich köstlich. Sie hatten eine ungetrübte Freundschaft, der Mensch und der Vater. Der Mensch ruhte im Schatten mächtiger Bäume, schwamm in traumhaft schönen Seen, kletterte auf die höchsten Berge und genoss es,

Zeit mit El Shaddaj zu verbringen, Fragen zu stellen und jeden Tag Neues kennen zu lernen. Harmonie erfüllte dieses begeisternde Leben. Übersprudelnde Freude war der Wegbegleiter. Das Lachen des Menschen erfüllte die Luft. So vieles gab es zu entdecken. Täglich staunte der Mensch über die unendliche Vielfalt und Schönheit, die er genießen durfte.

Eines Tages kam jemand und stellte dem Menschen ungefähr folgende Fragen: Ist El Schaddaj wirklich ehrlich mit dir? Gibt er dir wirklich alles, was du möchtest? Oder gibt es da vielleicht Dinge, die dir vorenthalten werden?

Der Mensch hörte diesen hässlichen Fragen zu und fing an zu überlegen. Leise Zweifel krochen wie widerliche, kleine Würmer in das Herz des Menschen und hinterließen dunkle, schleimige Spuren des Verrates.

Liebe und Vertrauen sind die Basis für eine echte Beziehung. Was aber, wenn Zweifel und Egoismus diesen Platz einnehmen? Der Mensch begann, die Liebe des Vaters in Frage zu stellen und fing an, sich von El Shaddaj abzuwenden. Die ungetrübte Freundschaft war zerbrochen. Eine dunkle Wolke des Verrates und des Schmerzes hing über dieser traurigen Szene.

Der Vater hätte den Menschen zwingen können, bei ihm zu bleiben. Doch er hatte ihm einen freien Willen gegeben. El Shaddaj steht immer zu seinem Wort und so musste er zusehen, wie der Mensch sich gegen ihn entschied. Schweren Herzens ließ er ihn ziehen.

Darf ich eine Frage stellen?

Warum lügen wir? Warum betrügen, warum streiten wir?

Die simple Antwort ist: Wir denken nur an uns selbst.

El Shaddaj musste erleben, wie der Mensch, den er liebte, sich von ihm abwandte und sich in einen anderen Machtbereich begab. Die Menschen begannen zu husten. Krankheit kam in ihr Leben. Sie begannen zu streiten, zu stehlen. Gewalt und Missgunst hielten Einzug. Tod und Krankheit waren in die Welt gekommen. Das „Ich" hatte die Kontrolle übernommen. Misstrauen und Egoismus hatten Liebe und Vertrauen von ihrem Platz verdrängt und es kam nichts Gutes dabei heraus.

El Shaddaj, der König der Liebe, hasst es, wenn seine Geschöpfe geschlagen werden. Er hasst es, wenn sie streiten. Wenn sie anderen Schmerz zufügen. Er hasst es, wenn eine Frau zur Prostitution gezwungen wird, wenn Menschen Pornos mit Kindern herstellen, wenn …

Ganz einfach ausgedrückt, El Shaddaj hasst das Böse von ganzem Herzen!

… weil es denen schadet, die er liebt und sie von ihm trennt.

Der Vater sah, dass die Menschen nicht zurecht kamen, aber er ist eine heilige Person und kann niemals Gemeinschaft mit dem Finsteren haben. Das Reich der Liebe und das Reich des Bösen sind unvereinbar.

Die Erdbewohner hatten ihre Wurzeln vergessen. Sie waren krank, sie fürchteten sich vor den anderen. In ihrem Innersten war eine Leere, die nichts und niemand auf Dauer ausfüllen konnte. Die Versuche, dieser Leere zu entfliehen, führten meist nur kurzzeitig zu einer gewissen Befriedigung. Letztendlich kam es zu weiteren Problemen. Angst, Hass und Einsamkeit nahmen zu.

El Shaddaj
und das Geheimnis aus der Urzeit

Viel Zeit war vergangen, seit der Mensch die Freundschaft mit El Shaddaj gebrochen und sich von ihm abgewandt hatte. Das Reich des Wohlbefindens geriet immer mehr in Vergessenheit. Die Freude, der unglaubliche Friede und die Harmonie dieser herrlichen Welt schienen wie ein längst vergangener Traum. Der Machtbereich der Krankheit und des Kampfes war die traurige Realität für den Menschen geworden.

El Elohim, Emmanuel und der Heilige lebten noch immer in dem Reich unvergleichlichen Wohlbefindens. Es gab sie noch, die Töne, die fähig sind, in Ekstase zu versetzen. Farben und Formen, die Energie hervorzuzaubern. Die perfekte Harmonie und das pulsierende Leben existierten noch immer. Diese wunderbare Welt El Shaddajs ohne Streit, Eifersucht, Betrug und Neid war nicht verschwunden, der Mensch hatte lediglich den Zugang zu ihr verloren. Worte wie Krankheit, Hass, Mobbing, Stress und Zeitdruck existieren in der Welt El Shaddajs nicht.

Unsere drei Freunde hatten nicht einen Moment aufgehört, den Menschen zu lieben. Noch immer gehörte ihr Herz ungeteilt dem Menschen, der so weit von diesem märchenhaft schönen Ort entfernt war. Nicht einen einzigen Moment vergaßen sie ihn. Unbemerkt wachten sie über ihren Geschöpfen und verhinderten, dass es zum Schlimmsten kam. Nämlich der Nacht ohne Ende.

Viele Jahre vergingen, bis die Zeit reif war, das Versprechen aus der Urzeit einzulösen. Doch nun war es so weit.

Emmanuel teilte dem Vater schweren Herzens mit, dass er die Welt des erstaunlichen Wohlbefindens verlassen würde. All das, was er schätzte und liebte, wollte er hinter sich lassen, um zu denen zu gehen, nach denen das große Herz des Vaters sich sehnte. Er verließ das sprühende Leben, die unbegrenzte Freude, die unglaubliche Schönheit seines Reiches, und kam in eine Welt, die ganz und gar nicht dem entsprach, was ihm gefallen konnte.

Emmanuel kam nicht als strahlender Held. Er wollte einer von ihnen sein und das Leben mit ihnen teilen. Es war ihm wichtig, die Menschen zu verstehen und am eigenen Leib zu spüren, wie es seinen geliebten Geschöpfen ging. So kam er als einer, der zu einer abgelehnten Minderheit in einem fremden Land gehörte. Er erlernte einen Beruf des einfachen Volkes und erfuhr, was es hieß, unter feindlicher Fremdherrschaft aufzuwachsen.

Er spürte am eigenen Leib, was es bedeutete, im Machtbereich der Krankheit und des Todes zu wohnen. Er war konfrontiert mit dem ermüdenden Kampf um das tägliche Überleben.

Die Angst war ein ständiger Begleiter der Erdbewohner geworden. Der Tod war allgegenwärtig. Armut und Hunger stumpften viele ab. Die harten

Gesetze der Herrschenden ließen die Unterdrückten resignieren.

Ungefähr 30 Jahre vergingen, in denen Emmanuel, den man Jesus nannte, das Leben mit den Bewohnern auf diesem Planeten teilte und einer von ihnen war.

Dann begann er mit einfachen Worten von seiner Heimat zu erzählen, von der wunderschönen Welt des Vaters. Er holte Materie aus dem Unsichtbaren ins Sichtbare, gab den Hungernden zu essen, setzte Naturgesetze außer Kraft. Emmanuel sprach von El Shaddaj, der sich danach sehnte, mit den Menschen in Beziehung zu treten. Er sprach von Dingen, die weit gewaltiger seien als die menschliche Geburt, der tägliche Kampf ums Überleben und der Tod. Er behauptete mit unglaublicher Überzeugung, dass der Tod zu besiegen sei und zeigte ihnen die tiefe, heilende Liebe des Vaters.

Durch seine übermächtige Schöpferkraft befreite er viele von schrecklichen Krankheiten und tat erstaunliche Dinge, die sich niemand erklären konnte. Seine Worte hatten eine magische Kraft und zogen die Menschen oft für Tage völlig in ihren Bann.

Emmanuel berührte ihr tiefstes Sein, von dem sie nicht mehr gewusst hatten, dass es überhaupt existierte. Sie konnten es nicht erklären, aber da war etwas an ihm, das in den tiefsten Tiefen ihres

Seins eine Sehnsucht weckte, die ihnen seltsam bekannt und gleichzeitig fremd war.

Trotzdem vertrauten ihm nur wenige. Er wurde von vielen angegriffen und abgelehnt. Die herrschende Bevölkerungsschicht sah eine Bedrohung in ihm.

Manche der Kranken und Armen begannen, ganz langsam seine Nähe zu suchen. Sie fühlten einen Frieden in seiner Nähe, den sie noch niemals vorher so erlebt hatten. Längst vergessene Träume und Hoffnungen begannen bei vielen neu aufzukeimen.

Emmanuel machte keinen Unterschied zwischen erfolgreichen Menschen und Versagern. Zwischen jung und alt oder zwischen arm und reich.
Menschen mit Suchtproblemen, gescheiterte Existenzen, selbst Prostituierte und von der Gesellschaft Ausgeschlossene suchten Emmanuels Nähe.

Einmal kam ein etwas zerlumpt aussehender kleiner Lausbub zu Jesus. Die Erwachsenen ließen ihn jedoch nicht so einfach durch. Sie versuchten, den Bengel los zu werden. Jesus hörte das und ließ sie alle stehen. Er wandte sich dem kleinen, inzwischen etwas verstört dreinblickenden Buben zu und unterhielt sich lange mit ihm; sie lachten und scherzten und hatten viel Spaß. Emmanuel schenkte ihm seine volle Aufmerksamkeit.

Noch nie hatten die Leute jemanden wie ihn getroffen. Jesus sah über ihr Geschrei hinaus. Er sah ihr Herz. Er wusste um ihre Sehnsüchte, um die verlorenen Träume. Er kannte die Kämpfe und Ängste jedes einzelnen.

Nicht alle waren von diesem Emmanuel begeistert. Seine Ausstrahlung zog die Massen in seinen Bann. Er konnte Tausende dazu bewegen, ihm tagelang zuzuhören, das gefiel der herrschenden Schicht überhaupt nicht.

Sind Sie noch dabei? Wir hatten ausgemacht, den Verstand beiseite zu lassen und ein bisschen zu träumen.

Kennen Sie die Geschichte von Narnia? Es ist einer der ganz aufwendigen Filme Hollywoods, monatelang stand er oben auf der Bestsellerliste.
Dieser Film erzählt von Arslan, dem Löwen, der ein wundervolles Reich regiert und von vier jungen Menschenkindern. Arslan, der Löwe, lässt sich von der bösen Hexe töten, um das Leben eines der Menschenkinder zu retten.

Was die böse Hexe nicht wusste: Von Alters her gab es ein Gesetz, das besagte, dass der Tod den Gerechten nicht festhalten kann. Und weil Arslan, der Löwe, nie etwas Unrechtes getan hatte, musste der Tod ihn freigeben. Er hatte keine Macht über Arslan, den Gerechten. Und damit war die Hexe besiegt.

Dieser Film ist eine Parabel auf Emmanuel, auf Jesus, den Friedefürst.

Weil sie schuldig waren zu lieben

Es kam ein unglaublich schwarzer Tag im Leben unseres Freundes. Wir können nachlesen, dass Emmanuel unter derart extremem Stress stand, dass seine Schweißperlen wie Blut von seinem Gesicht tropften.
Was war geschehen?

Der Zeitpunkt war gekommen, den Plan aus der Urzeit zu vollenden. Emmanuel wusste:

Er würde all den Hass, jede Ablehnung, alles Schlechte, das jemals geschehen war und noch geschehen würde, auf sich nehmen. Jeden Schmerz, jede Krankheit, die jemals auf dieser Erde geschehen war und noch geschehen würde. Eine unfassbare Grausamkeit.

Jesus suchte die Einsamkeit und führte ein sehr langes Gespräch mit El Shaddaj. Dann sagte er zu ihm: „Vater, wenn es irgendeine Möglichkeit gibt, dann hol mich da raus. Ich hasse es, all die schrecklichen Dinge auf mich zu nehmen, die ich hier Tag für Tag erlebe." Blut tropfte von seiner Stirn. Die Nacht war ungewöhnlich dunkel und die Worte kamen voll Schmerz von seinen Lippen. Er sprach weiter: „Vater, ich liebe dich und ich weiß, wie sehr es dein Herz bricht, dass diese Menschen nicht zu dir kommen können. Darum werde ich unseren Plan ausführen." Noch immer tropfte der Schweiß wie Blut zu Boden. Als der Vater, der Sohn und der Heilige Geist in dieser Nacht zusammen waren, haben sie an uns gedacht, an Sie und an mich. In dem uralten Buch steht der Satz: „Siehe, ich habe dich in meine Hände gezeichnet." Genau das würde geschehen.

Ein weiterer erfolgreicher Hollywood-Film ist „Die Passion" von Mel Gibson. Er zeigt in der Anfangsszene eine ungewöhnlich düstere Nacht, sie scheint dunkler als andere Nächte. Man sieht eine ekelerregende Schlange durch das Gestrüpp kriechen. Langsam und zischend bewegt sie sich auf Emmanuel zu. Mit einem einzigen, treffsicheren Tritt zermalmt dieser dem bösartigen Tier den Kopf.

Diese düstere Szene beschreibt jene Nacht, in der Jesus dieses schwerwiegende Gespräch mit dem geliebten Vater führte. Der eigentliche Kampf war bereits hier ausgestanden. Jesus hatte seine absolute Hingabe und sein uneingeschränktes Vertrauen zum Vater erneuert. Er wusste, was auch immer mit mir passiert, der Sieg steht fest.
Die dienstbaren Geister des Vaters kamen und wischten die Blutstropfen von Emmanuels Gesicht. Sie dienten dem Friedefürst und stärkten ihn auf geheimnisvolle, übernatürliche Weise.

In dieser dunkelsten aller Nächte
wurde der Weltgeschichte

eine neue Richtung gegeben.

Emmanuel gab sich freiwillig in die Hände derer, die ihn hassten, obwohl es keinen Grund dafür gab. Sie folterten und verspotteten ihn. Sie setzten ihm eine Dornenkrone auf. Sie zwangen ihn, ein Kreuz zu tragen und schlugen Nägel in seine Hände und in seine Füße. Er durchlitt eine der grausamsten Hinrichtungsarten, die jemals erfunden wurden.

Der Vater war da, der Heilige Geist war da. Gemeinsam litten sie um uns, um jeden einzelnen Menschen, der je über diese Erde ging.

So unglaublich grausam diese Hinrichtungsart auch war, sie war noch nicht alles, wovor Emmanuel sich letzendlich gefürchtet hatte. Es gab noch weit mehr: Jesus nahm in diesen dunklen Stunden jeden Schmerz, jede Ablehnung, jede Krankheit dieser Erde auf sich und er sprach die unglaublichen Worte: „Das habe ich für Dich getan."

In diesen qualvollen Stunden am Kreuz war Jesus die abgelehnteste Person im ganzen Universum.

Er starb nicht an den Schlägen, nicht an den Wunden, die man ihm zufügte, so grausam sie auch waren. Jesus starb an einem gebrochenen Herzen.

Dies war der dunkelste Tag der Weltgeschichte. Der Feind triumphierte. Der Friedefürst war besiegt. Jesus war gestorben.

Aus - vorbei.

Was der Feind nicht wusste: Der dunkelste Tag der Geschichte war gleichzeitig die Stunde des größten Triumphes aller Zeiten.

Denn dies ist das Geheimnis aus der Urzeit: Der Tod konnte Jesus nicht festhalten. Er musste ihn freigeben, weil kein Unrecht an ihm zu finden war.

Jesus hatte den Tod in seinem eigenen Machtbereich besiegt und damit den Weg zu El Shaddaj ein für alle mal frei gemacht.

Emmanuel ist in das Leben zurückgekehrt. Mehr noch. Er ist in ein völlig neues Leben eingetreten. El Shaddaj hat den Sohn in eine einzigartige Position gehoben, in der ihm mehr Ehre und Anerkennung zusteht als jeder anderen Person im gesamten Universum.

Welch ein Kampf, welch ein grandioser Sieg.

Seit diesem Tag der Schmerzen und der Ablehnung ist es wieder möglich geworden, mit dem Vater, mit dem Reich des unglaublichen Wohlbefindens und der Liebe, mit El Shaddaj selbst in Kontakt zu treten. Das ist so unglaublich, dass es doch noch einer weiteren Erläuterung bedarf.

Wahrheit
oder Fantasie?

Erinnern Sie sich?
Ich war ziemlich jung, als ich Emmanuel das erste Mal begegnete. Sein ganzes Wesen hatte mich tief beeindruckt und so zögerte ich nicht einen Moment, das unglaubliche Angebot seiner Freundschaft anzunehmen. Diese Freundschaft besteht noch heute. Nicht nur das, sie wird mir mit jedem Tag kostbarer. Noch immer vermittelt Emmanuel mir das Gefühl, etwas Besonderes zu sein. Noch immer hilft er mir aus so mancher Klemme wieder heraus. Noch immer lachen wir zusammen und ich hole mir Rat bei ihm, wenn ich nicht weiter weiß. Er war es, der mich ermutigt hat, Dinge zu tun, die ich mich alleine niemals getraut hätte. Er war es, der mir beibrachte zu singen und meiner Freude im Tanz Ausdruck zu verleihen.

Und noch immer sage ich ihm völlig ungeschminkt meine Meinung. Auch heute noch fühle ich mich nicht zu erwachsen, um bei ihm Trost zu suchen, wenn ich mich danach fühle.

Mit Emmanuel erlebe ich noch heute viele Abenteuer, die ich für nichts auf dieser Welt eintauschen möchte. Noch jetzt zeigt er mir immer wieder neue Dimensionen eines Lebens, das ohne ihn unendlich ärmer wäre.

Er ist es wert, dass man ihn kennen lernt. Es gibt nichts Schöneres, als ihn seinen Freund zu nennen. Er ist die liebevollste und zugleich stärkste Persönlichkeit, die ich kenne. Wann immer ich mich danach fühle, werfe ich mich in seine Arme. Wenn mein Herz voller Freude ist, teile ich ihm das mit. Wenn ich mit etwas nicht klar komme frage ich ihn um Rat. Wenn mich etwas verunsichert oder gar bedrohlich auf mich wirkt, finde ich bei ihm Schutz und Hilfe. Er kennt kein „Unmöglich".

Er bietet Ihnen an, ihn kennen zu lernen und eine Freundschaft zu erleben, wie es keine vergleichbare auf diesem Planeten gibt.

Wie das geht? Sie nehmen dieses Angebot seiner Freundschaft einfach an.

Wie begann nun meine Freundschaft mit dieser unglaublichen Persönlichkeit?

Sie erinnern sich, es war ein milder Spätsommertag wie jeder andere. Und man erzählte mir von Jesus, dem Friedefürst. Diese Wahrheit drang so tief in mein Herz, dass ich einfach nicht anders konnte. Mit einer Klarheit, die nicht zu beschreiben ist, erkannte ich in meinem Herzen, dass diese Freundschaft mein Leben auf den Kopf stellen würde. Und so war es auch. Ich nahm sein Angebot an. Und augenblicklich erfüllte mich eine unglaubliche Freude, die alles andere überdeckte. Ich wusste zweifelsfrei, etwas ganz Neues hatte begonnen. Zwar konnte ich es nicht in Worte fassen, geschweige denn in seiner Tiefe völlig begreifen, aber das Leben erschien mir plötzlich voller Abenteuer. Es war, als ob sich ein Brunnen in meinem Innern geöffnet hätte, aus dem prickelnde Freude wie sprudelndes Wasser an die Oberfläche schoss. Ich hatte das Gefühl, gleichzeitig lachen und tanzen und jubeln zu müssen. Obwohl ich Jesus nicht mit den Augen sehen konnte, spürte ich in mir, dass er da war. Er war augenblicklich realer für mich als so mancher meiner Mitmenschen. Und so ist das bis heute geblieben.

Wie können Sie diese unglaubliche Freundschaft beginnen? Das geht ganz einfach.

Sie sprechen folgende oder ähnliche Worte:

„Jesus, komm in mein Leben. Ich will dein Leben annehmen. Ich möchte ein Sohn, eine Tochter des Vaters sein. Komm in mein Leben und zeige mir das Abenteuer, zu deiner Familie zu gehören. Reinige mich von allem Bösen. Danke."

Damit ist eine Freundschaft für die Ewigkeit geschlossen.

Das ist zu simpel?

Ist es durchaus nicht.

Überlegen Sie einmal, wie einfach es ist, eine Ehe zu schließen. Man sagt: „Ja, ich will" und der Bund für ein ganzes Leben wird besiegelt. Wenn Sie zu Jesus sagen „Ja, ich will", ist ein Bund für die ganze Ewigkeit geschlossen (und die währt ein gutes Stück länger ...)

Ganz tief in Ihrem Innern spüren Sie, dass dies die Wahrheit ist?

Dann haben Sie jetzt die Möglichkeit, diese Sätze zu ihm zu sprechen. Er hört Sie. Vertrauen Sie, dass er Ihnen die Hand für die Ewigkeit reicht.

Ich verspreche Ihnen, Sie werden nie mehr die gleiche Person sein. Es gibt unzählige Menschen, die Emmanuel die Hand gereicht haben und es nicht bereuten. Sie werden Stück für Stück mehr erleben, wie Jesus, der Vater und der Heilige Geist Ihr Leben bereichern und vieles sich zum Guten wenden wird.

Ich heiße Sie willkommen in der höchsten Familie des Universums.

Wenn Sie Emmanuels Angebot angenommen haben, sind Sie jetzt ein Sohn, eine Tochter des Vaters. Emmanuel, der Heilige Geist und der Vater sind ab nun für Sie da - immer.

Sie sind sich nicht sicher, ob Sie das möchten? Dann lesen Sie einfach weiter. Sie können jederzeit zu dieser Stelle zurückkehren und El Shaddajs Einladung annehmen, indem Sie diese einfachen Worte oder ähnliche zu ihm sprechen.

Man sagt, das größte Wunder auf Erden ist, wenn ein Mensch geboren wird. Das größte Wunder im Universum geschieht, wenn jemand diese einfachen Sätze aus ehrlichem Herzen spricht.

Ein Geist wird dann geboren. Ihr Geist wurde soeben aus Gott geboren, wenn Sie seine Einladung angenommen haben.

Es gibt unendlich viel zu entdecken. Jeden Tag werden Sie mehr erkennen, welche ungeahnten neuen Möglichkeiten Ihnen ab heute offen stehen. Welche Hilfe und welcher Schutz für Sie persönlich abrufbar sind.

El Shaddaj
zeigt Ihnen das Reich
der ungeahnten Möglichkeiten

Als Sie sagten: „Jesus, komm in mein Leben" hat er genau das getan. Durch den Heiligen Geist nahm er in Ihrem neu geborenen Geist Wohnung. Damit sind Jesus, der Vater, der Heilige Geist, das Reich der Liebe Ihnen näher als alles andere in unserem Universum.

Sie können es romantisch ausdrücken:
❑ Ich habe den Himmel auf Erden in mir.

Oder Sie sagen:
❑ Die mächtigste Kraft im Universum ist in meinem Innern.

Oder:
❑ Die reine, tiefste, stärkste Liebe überhaupt ist nun in meinem Herzen und steht mir zur Verfügung.

Merken Sie, dass etwas völlig Neues begonnen hat? Es könnte spannender werden, als Sie ahnen.

Reden Sie mit El Shaddaj. Sagen Sie ihm, was Sie empfinden. Danken Sie ihm für das, was Sie erfahren haben. Horchen Sie in sich hinein. Der Vater spricht mit Ihnen. Er spricht durch den Heiligen Geist. Sie können seine Stimme ganz sanft, ganz tief in Ihrem Inneren hören.

Die Freundschaft mit Emmanuel ist vergleichbar mit der Liebesbeziehung zwischen zwei Menschen. (Eines Tages entdeckte ich, dass auch das Buch der Bücher diesen Vergleich gut findet.)

Jede Liebe, jede Ehe ist so individuell wie die Personen, die sie eingehen. Sie kann eine sehr angenehme und spannende Sache sein. Sie kann aber auch in alltägliche Routine abgleiten, in ein belangloses Nebeneinander oder gar in eine Zweckgemeinschaft. Es hängt immer von den Beteiligten ab. So ist es auch in Ihrer Beziehung mit dem Vater, mit Jesus und dem Heiligen Geist. Ihr Status als Familienmitglied der höchsten Familie wird in alle Ewigkeit bestehen bleiben, (wie auch eine Ehe ein Leben lang bestehen bleiben sollte.) Was der Einzelne daraus macht, hängt von ihm persönlich ab.

Je mehr man in eine Beziehung investiert, desto intensiver wird sie. Je mehr Sie den Vater und Jesus in Ihr Leben mit einbeziehen, desto mehr erleben Sie die Privilegien, dieser neuen Beziehung.

Ich möchte Ihnen ein paar ganz kleine, einfache Beispiele aus meiner Beziehung zum Vater geben, damit Sie verstehen, wie unkompliziert dieser geniale Herrscher für seine Kinder ist:

Ob ich mich nun gut fühle oder nicht, ob ich große oder kleine Sorgen habe. Bei allem bin ich mit dem Vater im Gespräch. Wenn ich mich freue, dass die Sonne scheint, sage ich ihm das genauso, wie wenn ich irgendwie nicht weiter weiß. Ich spreche mit ihm beim Einkaufen, beim Duschen, beim Spazierengehen, im Auto, wo auch immer.

Wenn ich in die Stadt fahre, habe ich es mir zur Angewohnheit gemacht, dem Vater zu sagen, dass ich einen Parkplatz benötige. Eines Tages bog ich mit dem Satz „Daddy, ich brauche einen Parkplatz" um eine Straßenecke und stand auch sofort in einer wunderschönen Parklücke. An dem Parkautomaten klebte ein bunter Sticker mit dem Aufdruck: „Gott ist gut." Solche kleinen Liebesbeweise des Vaters gibt es unendlich viele in meinem Leben. Sie sind erfrischend wie das Perlen eines spritzigen Sektes und belebend wie bunte Farbtupfer in einem ganz gewöhnlichen Arbeitstag.

Es gibt Zeiten, in denen ich sehr intensive Gemeinschaft mit dem Vater pflege. Manchmal drücke ich meine Gefühle für ihn durch Lieder aus, die meine Stimmung und meine Wünsche wiedergeben, oder ich schütte ihm mein Herz aus. Meinem Vater erzähle ich so manches, was ich sonst niemandem mitteile. Ihm erzähle ich, wenn ich frustriert bin, wenn ich glücklich bin. Er weiß, was in meinem Innersten gerade vor sich geht.

Oft sind das sehr intime Zeiten, in denen ich seine Nähe sehr tief und real erfahre. Das tut mir unendlich gut. In diesen Zeiten bin ich nur ich selbst. Bei ihm bin ich zu Hause. Ich befinde mich dort, wo ich mich wohl fühle, wo es gemütlich ist und ich die Füße hochlegen kann.

Unsere laute Welt mit ihren vielen Anforderungen und ihrer Hektik bleibt draußen. Ich lasse mich fallen und tanke auf. Nirgends geht das so gut wie in der Gegenwart des Vaters.

Die Zeit mit ihm ist immer anders. Manchmal bin ich einfach nur ganz still. Oder ich erzähle ihm, was mich beschäftigt, wo ich nicht weiterkomme, worauf ich mich freue. Manchmal tanze und juble ich und manchmal höre ich in mich hinein und frage den Vater, was in seinem Herzen ist. Diese Zeiten mit dem Vater und dem Sohn machen mich stark. Es sind Stunden oder manchmal auch nur Minuten, in denen ich mich erhole und Richtungsweisung erhalte. Zeiten, die mir die Gewissheit geben, dass mein Leben mehr ist als ein Aneinanderreihen von endlosen Tagen.

Ganz gleich, wie Sie Ihre Beziehung mit dem Vater, mit Jesus, mit dem Heiligen Geist gestalten. Seien Sie sicher, sie hören Ihnen zu – immer.

… und sind für Sie da jeden Tag, 24 Stunden lang.

Der Vater hört jeden leisen Seufzer Ihres Herzens und freut sich über jedes Lachen, das von Ihren Lippen kommt.

Einige praktische Tipps, wie Sie Ihre neuen Freunde immer besser kennen lernen

❑ Lassen Sie sich Zeit. Sie werden jeden Tag ein Stück mehr verstehen, in welche Dimension der Freiheit Sie eingetreten sind.

❑ Seien Sie entspannt.

❑ Sagen Sie dem Vater alles, was Sie beschäftigt. Er weiß es sowieso und er freut sich über jede Minute, die Sie ihm schenken.

❑ Unser Vater ist sehr souverän. Er respektiert Ihren freien Willen. Das erwartet er auch von den Menschen, mit denen Sie zu tun haben und zwar von allen. Fragen Sie sich immer: Führt diese Person mich in die Freiheit oder zwingt sie mich unter irgendwelche Regeln und Normen, die ich als unrichtig empfinde?

Im Reich des Vaters gibt es nur ein Gesetz und das ist die Liebe. Seine Liebe für Sie und für jeden Menschen, der je über diese Erde ging. Lassen Sie sich von niemandem Ihre Freiheit nehmen.

❑ Alles, was in diesem Buch steht, finden Sie im Buch der Bücher, in der Bibel, bestätigt. Anhand der Bibel können Sie alles prüfen, was Ihnen jemand über El Shaddaj erzählt und so entscheiden, ob Sie das, was dieser Mensch Ihnen sagt, annehmen oder nicht

❑ Tun Sie nur, was in Ihrem Inneren ein positives Echo hervorruft und nehmen Sie nur das, was Sie für sich als gut empfinden, in Anspruch. Alles andere legen Sie zur Seite. Das gilt auch für dieses Buch. (Prüfet alles, aber das Gute behaltet).

❑ Gott denkt in anderen Dimensionen als Sie und ich. Er ist unendlich klüger. Deswegen finden wir in der Bibel folgenden Satz: „Was die Menschen für Tiefsinn halten, ist in den Augen Gottes Unsinn." 1. Korinther 3,18-19

El Shaddaj denkt umfassender als Sie und ich. Versuchen Sie deshalb erst gar nicht, mit dem Verstand an diese Beziehung ran zu gehen. Entdecken Sie mit einem offenen Herzen und mit dem Vertrauen darauf, dass der Vater es gut mit Ihnen meint, die Dimensionen dieses neuen Bewusstseins.

❑ Sie haben einen Helfer.
Erinnern Sie sich an Ihren Mathematik-Unterricht? Wenn ein neues Thema behandelt wurde, war es vielleicht manchmal so unverständlich, als würde der Lehrer in einer unbekannten Sprache reden und dann hat es plötzlich geklickt, Sie haben das Prinzip hinter der Formel, oder was

immer es war, verstanden und das neue Aufgabengebiet erschien Ihnen ab da fast wie ein Kinderspiel. Es hat ihnen vielleicht sogar Spaß gemacht, immer neue Aufgaben zu lösen.

So ist es auch jetzt. Seit der Heilige Geist in Ihrem Leben ist, können Sie das uralte Buch verstehen. Er ist es, der den „Klick" in Ihnen auslöst und Sie begeistert sein lässt über die vielen neuen Dinge, die es zu entdecken gibt. Ohne ihn wäre vieles in der Bibel auch weiterhin ein unverständliches Kauderwelsch für Sie.

Einige Kostbarkeiten aus dem
uralten Liebesbrief

Der Liebesbrief des Vaters, das uralte Buch, das wir die Bibel nennen, ist die Grundlage für alles, was Sie gerade lesen. Es ist unendlich viel mehr als ein Stapel Papier, der gedruckt, gebunden und zwischen zwei Buchdeckel gesteckt wurde. Das uralte Buch ist übrigens das am meisten verkaufte Buch auf dieser Erde. Es ist das Werk, das in die meisten Sprachen übersetzt wurde, und doch ist es auch das Buch, das so viele Menschen nicht verstehen, weil Sie es mit dem Verstand erfassen möchten. Die Bibel wird geliebt und gehasst. Sie wurde auf den Scheiterhaufen geworfen und in kostbare Glasvitrinen gesteckt. Sie ist ein Meisterwerk von beispielloser Tiefe, die bis heute kein menschliches Wesen in seiner Ganzheit verstehen konnte. Man kann es nur mit Hilfe des Autors, mit dem Heiligen Geist selbst, wirklich ergründen. Es birgt so viele kostbare Schätze in sich, dass ein ganzes Leben nicht ausreicht, sie alle zu heben. Dazu müssen Sie nicht studieren und auch keinen besonderen Beruf erlernen. Die einzige Voraussetzung ist ein offenes Herz und das Wirken des Heiligen Geistes. Er ist Ihr Führer durch die unendlichen Wahrheiten Gottes.

Für den Anfang möchte ich Ihnen einige Kostbar-
keiten aus dieser Schatzkiste zeigen. Sie sollen
Ihnen Mut machen, selbst nach weiteren Schätzen
zu graben, die der Vater für Sie in seinem Meisterwerk bereithält.

SIE SIND ENTSORGT

*Philipper 4, 6-7: „Macht euch keine Sorgen, son-
dern wendet euch in jeder Lage an Gott und
bringt eure Bitten vor ihn. Tut es mit Dank für
das, was er euch geschenkt hat."*
Und

*1. Petrus.5,7 sagt : „Alle eure Sorgen werft auf
ihn, denn er sorgt für euch."*

Diese beiden Sätze begleiten mich seit Jahren. Ich
habe oft erfahren, wie Emmanuel eingegriffen hat
und zwar immer auf eine Art und Weise, wie ich
es mir nicht hätte ausdenken können.

Oder ...

auf eben genau die Art und Weise, wie ich ihn
gebeten hatte.

Hier ein ganz kleines Beispiel. Es ging um eine
Prüfung die ich abzulegen hatte. Mir fehlte abso-
lut die nötige Zeit zu Lernen, da ich noch andere
Verpflichtungen hatte, denen ich mich nicht ent-

ziehen konnte. Nun gehöre ich gewiss nicht zu den Menschen, die sich vor der Arbeit drücken. Aber in dieser Situation wusste ich mir nicht zu helfen und bat den Vater konkret um eine ganz bestimmte Prüfungsaufgabe, mit der ich mich dann auch befasste. Alle anderen Themen ließ ich unbesehen beiseite. Der Prüfungstag kam. Wir Prüflinge nahmen gespannt unsere Aufgaben entgegen. Die mir gestellte Aufgabe war bei weitem nicht die, die ich erwartet hatte. Ich war mir aber sicher, dass der Vater meine Bitte so beantworten würde, wie er es versprochen hatte. Ich wandte mich an die Prüferin, um ihr eine Frage zu stellen. Sie sah mich etwas erbost an. Mit den Worten „Sie haben ja eine völlig falsche Aufgabe" nahm sie mir meine Unterlagen weg und drückte mir genau die von mir erbetene Aufgabe in die Hand. „Danke, Vater", war alles, was ich überglücklich sagen konnte.

Es würde ein weiteres Buch füllen, alle großen und kleinen Begebenheiten zu erzählen, in denen ich und viele andere Menschen den Satz: „Sie sind entsorgt" konkret erlebten. Seien es Beziehungsprobleme, Krankheit, finanzielle Nöte, Arbeitslosigkeit, Schwierigkeiten im Beruf. Kein Problem ist für unseren Vater zu groß oder zu klein. Er kann und will jeder Not abhelfen, mit der seine kostbaren Kinder zu ihm kommen.

Gibt es einen Punkt, wo Sie gerade der Schuh drückt? Dann sprechen Sie mit dem Vater. Er hört Sie. Auch wenn die Antwort nicht sofort sichtbar wird, können Sie sicher sein, der Vater arbeitet daran und die Lösung wird zum richtigen Zeitpunkt eintreffen. Er hat es Ihnen versprochen.

Vergessen Sie nicht: Wenn Sie eine Sorge „auf ihn geworfen haben", (1. Petrus 5,7) dann ist sie weg. Sie werden das Problem nicht wieder zurückholen und Sie werden auch nicht darüber nachdenken (und auch über keine anderen Probleme). Sie wissen, beim Vater sind Ihre Anliegen bestens aufgehoben. Sie sind in Bearbeitung.

Was also werden Sie tun, während das Problem bearbeitet wird?

SIE DENKEN DAS GUTE

Haben Sie bemerkt, wie sich während der Weltmeisterschaft im Sommer 2006 die Atmosphäre in Deutschland veränderte? Es lag was in der Luft, ein ganz besonderer Duft ... etwas, das man als Hoffnung, Freude, Optimismus bezeichnen könnte. Und warum? Weil wir plötzlich unsere Augen weg von den Problemen, hin zu dem Spaß und der Spannung gewandt haben, den dieses Sommermärchen mit sich brachte.

Sie können das noch viel besser. Erzählen Sie dem Vater, worüber Sie sich freuen, was Sie gut finden.

Diesen Tipp finden Sie ebenfalls in dem uralten Buch: *„Im übrigen, meine Freunde: Richtet eure Gedanken auf das, was gut ist und Lob verdient, was wahr, edel, gerecht, rein, liebenswert und schön ist." (Philipper 4,8)*

Ihnen fällt nichts ein, worüber Sie sich freuen? Setzen Sie sich hin und fangen Sie an zu schreiben. Beginnen Sie mit der letzten Dusche, die Sie genossen haben oder mit einer guten Tasse Kaffee, einem schönen Film, der ihnen gefallen hat. Oder … na …? Ich glaube fast, Ihnen ist schon etwas eingefallen, … das *gut ist und Lob verdient.*

Erinnern Sie sich?

„Sie lebten in einem Reich erstaunlichen Wohlbefindens, voll mit unaussprechlichen Dingen, voll Schönheit und Leben."

Dieses Reich ist jetzt in Ihnen und Sie haben bereits angefangen, es zu entdecken. Sie erinnern sich, welche Verpflichtung der Vater Ihnen gegenüber eingegangen ist?

Was immer Sie auch tun, Sie können den Vater nicht dazu bringen, Sie mehr zu lieben, als er es sowieso tut.

Genau so wenig werden Sie jemals in der Lage sein, etwas zu tun, das El Shaddaj dazu bringen könnte, Sie weniger zu lieben, als er es jetzt in diesem Augenblick tut. In seinen Augen sind Sie wertvoll, weil er Sie erschaffen hat. Der Vater ist verliebt in Sie ganz persönlich.

Es gibt Gedanken, die El Elohim nur über Sie alleine denkt. Keine Person im ganzen Universum wird je in der Lage sein, das Herz des Vaters in der Art zu berühren, wie Sie das tun.

Es gibt Sie nur einmal und Sie sind durch nichts zu ersetzen. Sie als Person sind mehr wert als das ganze Gold, das auf unserem Planeten existiert.

Sie sind nicht wertvoll, weil Sie erfolgreich sind oder weil Sie studiert haben. Sie sind wertvoll, weil El Shaddaj Sie erschaffen hat. Sie sind eine Person, für die das Herz El Shaddajs schlägt."

Puuh, die Tiefe dieser Worte nimmt mir den Atem.

Es braucht ein ganzes Leben, mehr noch, eine ganze Ewigkeit, um diese Wahrheit völlig zu erfassen und zu genießen.

Lassen Sie diese Worte ganz tief in Ihren Geist einsinken. Sie werden spüren, wie Ihr Selbstvertrauen wächst. Ihr Bewusstsein gelangt auf eine neue Ebene. Prioritäten werden sich neu ordnen, wenn Sie die Tiefen dieser Wahrheiten verinnerlichen. Eine neue Gelassenheit wird zu wachsen beginnen. Sie werden anders an die Dinge des Alltags herangehen …

SIE SIND NIEMALS ALLEIN

Matthäus 28,20b „Und das sollt ihr wissen: Ich bin immer bei euch, jeden Tag, bis zum Ende der Welt."

Was auch kommt. Ich habe jemanden an meiner Seite, der das mit mir durchsteht. Wenn ich nachts durch eine einsame Straße gehen muss, dann gehe ich in dem Bewusstsein, dass der Vater, der Sohn und der Heilige Geist bei mir sind. Wenn ich eine Prüfung vor mir habe oder ein wichtiges Gespräch oder sonst eine schwierige Situation, weiß ich ganz genau, ich bin nicht allein – niemals. Das gibt mir eine große Sicherheit und eine tiefe Gelassenheit, egal in welcher Herausforderung ich mich befinde.

NICHTS UND NIEMAND KANN SIE VON IHM TRENNEN

Römer 8,38-39:„Ich bin ganz sicher, dass nichts uns von seiner Liebe trennen kann: weder Tod noch Leben, weder Engel noch Dämonen noch andere gottfeindliche Mächte, weder Gegenwärtiges noch Zukünftiges, weder Himmel noch Hölle. Nichts in der ganzen Welt kann uns jemals trennen von der Liebe Gottes, die uns verbürgt ist in Jesus Christus, unserem Herrn."

Was auch auf mich zukommt, ich werde es überstehen. In keiner Situation werde ich allein sein. In keiner Situation werde ich untergehen. Selbst der Tod kann mir nichts mehr anhaben. Für mich ist er lediglich die Durchgangsstation nach Hause. Was das für ein Zuhause ist, darüber haben wir bereits gesprochen. Wie immer Sie es sich auch ausmalen, die Realität wird unendlich viel besser werden. Welch eine großartige Perspektive.

HEILUNG GEHÖRT IHNEN

Jesaja 53,5b:„ ...durch seine Wunden sind wir geheilt.“
*1. Petrus 2,24: „Er hat unsere Sünden mit seinem Leib auf das Holz des Kreuzes getragen, damit wir tot seien für die Sünden und für die Gerechtigkeit leben. **Durch seine Wunden seid ihr geheilt**“*

Ganz simpel ausgedrückt bedeutet das: El Shaddaj hat Sie erschaffen, er kann Sie auch reparieren.

Der König des Universums lebt in Ihnen - da gehört Krankheit nicht dazu. Nehmen Sie diese Aussage in Anspruch. Sie werden erleben, wie Krankheit weichen muss. Im Buch der Bücher finden Sie viele Beispiele, wie Menschen geheilt werden. Auch heute noch gibt es die unglaublichsten Berichte über Heilungen, die in ganz Deutschland und überall auf unserem Planeten geschehen. Behinderte stehen aus ihren Rollstühlen auf. Krücken werden weggeworfen. Krebsgeschwüre verschwinden.

Das hört sich unglaublich an und doch ist es die reine Wahrheit. Dieses komplexe Thema ist nicht in ein paar wenigen Sätzen abzuhandeln. Wenn Sie mehr über Heilung und göttliche Gesundheit erfahren möchten, nehmen Sie Kontakt mit uns auf. Auf jeden Fall dürfen Sie jetzt schon wissen, dass es der Wille des Vaters ist, dass Sie gesund sind. Jesus hat Ihre Krankheiten getragen.

Wenn Sie ein gesundheitliches Problem haben, bringen Sie es wie jedes andere Problem dem Vater. Und danken ihm dafür, dass er Ihr Gebet erhört. Er wird Ihnen seine Gesundheit schenken.

„Wir wissen, dass Gott bei denen, die ihn lieben,
alles *zum Guten führt. "*
Römer 8,28

Egal in welchem Umstand Sie sich befinden, er wird für Sie zum Guten sein.

Freiheit ist nicht die Flucht vor Schwierigkeiten. Freiheit bedeutet, in jeder Situation zu wissen, dass sie mir nicht wirklich schaden kann. Sollten Sie Ihren Job verlieren, wissen Sie, der Vater hat etwas Besseres für Sie. Wenn Sie vor einer komplizierten Aufgabe stehen, dann wissen Sie, dass Sie daran nur wachsen können. Sie können diese Beispiele endlos erweitern. Diese Zusage des Vaters ist praktisch in jeder Situation Ihres Lebens anwendbar.

Während ich diese Zeilen schreibe, stehe ich selbst in einer Lebenssituation die ziemlich herausfordernd ist. Manchmal starre ich auf die Umstände, wie das Kaninchen auf die Schlange. Und das tut mir gar nicht gut.

Sobald ich aber auf meinen großen Freund schaue, spüre ich wie sich seine übernatürliche Ruhe auf mich überträgt, weil ich ganz genau weiß, dass er „alles für mich zum Guten führt".

Das hat er in den Jahren unserer Freundschaft viele Male bewiesen (manchmal in viel komplizierteren Umständen) und er wird es wieder tun.

SIE SIND BEGABT

Mark. 16,17-18: „Die Glaubenden aber werden an folgenden Zeichen zu erkennen sein: In meinem Namen werden sie böse Geister austreiben und in unbekannten Sprachen reden. ... Und Kranke, denen sie die Hände auflegen, werden gesund. "

Sie sind gemeint. Der Vater hat völlig neue Fähigkeiten in Sie hineingelegt. Glauben Sie diesen Sätzen und sie werden für Sie zur Wahrheit.

Meditieren Sie über diese Zeilen und fragen Sie den Vater, wie diese Worte für Sie zur Realität werden.

Der Vater möchte,
dass wir frei sind

Kennen Sie das? Plötzlich sind Sie in ein Fahrwasser hineingeraten, in dem Sie versuchen, es allen recht zu machen.

Ihre Kollegen wissen, wie Sie sich zu kleiden haben. Ihr Chef weiß, wie Sie arbeiten sollen. Ihre Freunde erwarten, dass Sie immer lächeln, immer zu allem *ja* sagen.

So ging es mir. Die tägliche Routine und die Erwartungshaltung meiner Mitmenschen begannen, mir die Lebensfreude zu rauben. Mehr und mehr wurde ich mir und anderen gegenüber kritisch und unzufrieden.

Da sprach der Vater in einer Zeit inniger Gemeinschaft ganz deutlich und völlig unerwartet folgende Worte zu meinem Herzen:

„**Nicht horizontal – sondern Vertikal.** Es geht nie darum, wo du im Vergleich zu anderen stehst. Es geht immer darum, dass du in meinem Lichtstrahl stehst. Du musst dich vor niemandem verteidigen und dich mit niemandem messen. Ich führe jeden anders. Mein Maßstab ist für jeden Menschen ganz persönlich zugeschnitten. Es geht einzig und allein darum, wie deine Beziehung zu mir aussieht. Lass dir von niemandem sagen, wie du mir gefallen kannst, denn das tust du bereits. Lass dir von niemandem sagen, was es heißt, andere zu lieben. Denn auch das kann nur ich dir beantworten. Ich kenne dich durch und durch. Ich weiß, was du geben kannst und was nicht."

Diese Worte des Vaters haben mich auf neue Stufe der Freiheit geführt. Ich hörte auf, Dinge zu tun, die einfach nicht dran waren. Ich erkannte, dass es nicht immer Liebe ist, wenn ich tue, was andere von mir erwarten. Viel klüger ist es, auf den Vater zu hören. Er weiß oft besser, was der andere braucht und was gut für ihn ist. Gott möchte nicht nur, dass es den anderen gut geht, er will in erster Linie, dass es mir gut geht. Nur dann habe ich etwas zu geben. Unser Vater ist ein Gott des Überflusses. Alles, was ich tun muss, ist, mich so lange von seiner Liebe füllen zu lassen, bis sie von alleine überfließt. Wenn ein Glas voll ist, strömt das Wasser automatisch woanders hin. So ist es auch mit uns. Wenn ich so voll bin mit der Liebe Gottes, dass sie aus mir heraussprudelt, werden andere es spüren und meine Nähe suchen.

Wolken

Kennen Sie das? Sie leben in einer glücklichen, harmonischen Beziehung und plötzlich ist da etwas zwischen Ihnen und dem Partner oder dem Freund, der Freundin. Eine unsichtbare Mauer hat sich aufgebaut. Es scheint, dass man den anderen nicht mehr versteht und sein Herz nicht mehr erreichen kann.

Vielleicht wissen Sie gar nicht so genau, was es ist, vielleicht wissen Sie aber auch ganz genau, was passiert ist.

Unsere Beziehungen zu unseren Mitmenschen leben wir oft so, wie wir es in unserer frühesten Jugend gelernt haben: Wenn ich für jemanden etwas Gutes tue, erhalte ich eine Belohnung, sei es in Form einer Umarmung, eines Geschenkes, was auch immer. Bin ich allerdings nicht ganz so freundlich wie ich sein sollte, erfahre ich oft Ablehnung, Liebesentzug, Strafe.

Mit diesem Wissen gehen wir auch in unsere Beziehung zum Vater. Wir haben gelernt, dass er uns liebt, aber wir meinen, wenn wir uns richtig verhalten, bekommen wir, was wir wollen, verhalten wir uns dagegen falsch, dann gibt es Ärger.

Ist das wirklich so? Lassen Sie uns schauen, was Gott selbst dazu sagt.

Eine unvergessliche Vision

Vor einigen Jahren erging es mir so ähnlich wie eben beschrieben. Da war etwas zwischen mir und dem Vater. Ich hatte Dinge getan, die ich nicht so gut fand. Es gab Bereiche, in denen ich versagt hatte. So kam es, dass ich ihm aus dem Weg ging. Ich fühlte mich nicht „würdig", mit dieser fantastischen Person Gemeinschaft zu haben. Wer war ich schon? Er war ja so perfekt - und ich?

In dieser Zeit besuchte ich regelmäßig eine freie Gemeinde. Ein Schwerpunkt des Gottesdienstes waren Zeiten des gemeinsamen Singens, der Stille und das Reden mit dem Vater. In einer solchen Atmosphäre ist es sehr einfach, sich auf den Vater zu konzentrieren. Ich erzähle ihm, wie es mir geht, und drücke ihm meine Liebe aus.

War ich „gut drauf", genoss ich die Gemeinschaft mit dem Vater, mit Jesus und dem Heiligen Geist. Doch nun fühlte ich mich ja gar nicht so gut. Alles was ich dem Vater sagte, drehte sich um meine Probleme und meinen Unwillen. Es schien, als würde ich überhaupt nicht zu seinem Herzen durchdringen. Ich fühlte mich innerlich meilenweit entfernt von der Person, die mir so viel gegeben hatte. Die Zeiten inniger Gemeinschaft schienen der Vergangenheit anzugehören.

Dann zeigte er mir in einer Vision dieses unvergessliche Bild vor meinen inneren Augen. Es traf mich wie eine riesige Welle der Wärme, die auch das kleinste Gefühl des Unbehagens hinwegspülte. Ich werde dieses Bild nie vergessen:

Ich sah Jesus, Emmanuel, meinen Freund, den König der Könige, den sie ans Kreuz genagelt hatten, auf einem Königsthron sitzen. Auf seinem Kopf lag diese grausame Dornenkrone. Ich sah mich selbst direkt vor diesem Königsthron stehen und zu ihm aufblicken. Blut tropfte langsam und stetig von diesen grässlichen Dornen auf seinem Haupt auf mich herab – und ich wurde Stück für Stück weiß gewaschen wie Schnee, während ich mit zitterndem Herzen und voller Zweifel und Unsicherheit da stand.

Mit diesem Bild gab Jesus mir sehr eindringlich zu verstehen, dass ich würdig war, mit ihm in innigste Gemeinschaft zu treten. Er machte mir sehr deutlich klar, dass sein Tod am Kreuz alle Probleme, auch meine eigenen, ein für alle mal beseitigt **hatte.** Der Preis für alles Versagen auf dieser Erde, für alles Böse, was jemals geschah und noch geschehen würde, war bezahlt. Dazu gehörte auch mein Versagen, meine Unzulänglichkeit. Er zeigte mir in dieser kostbaren Vision, dass ich es wert bin, seine Liebe, seine Gegenwart zu genießen und dass nichts und niemand mich jemals von ihm trennen kann, auch nicht meine negativen Gefühle. Alles andere ist Lüge, hässliche dumme Lüge.

Unser Vater ist ein perfektes, ein heiliges Wesen. Er kann keine Gemeinschaft mit dem Bösen haben. Seine Heimat ist das Reich des Wohlbefindens, das Reich der Liebe. Jesus hat den Preis für alle Ewigkeit bezahlt und jeder, der dieses Friedensangebot annimmt, wird in einen neuen Stand erhoben, den uns niemand jemals wieder streitig machen kann. Der Vater blickt auf uns mit den Augen der Liebe und wenn wir diese Liebe erwidern, werden wir automatisch durch das kostbare Blut des Sohnes gereinigt, wie er es mir in dieser kostbaren Vision zeigte. Diese Wahrheit bestätigt uns der Text in 1. Johannes 1,9: „Wenn wir aber unsere Verfehlungen eingestehen, können wir damit rechnen, dass Gott treu und gerecht ist: Er wird uns von aller Schuld reinigen." Und Matthäus 6,12: „Vergib uns unsere Schuld, wie auch wir allen vergeben haben, die an uns schuldig geworden sind."

Haben Sie die letzten Zeilen aufmerksam gelesen? Hier steht: „Vergib uns unsere Schuld, *wie auch wir allen vergeben, die an uns schuldig geworden sind.*"

Ganz langsam entdecken selbst die Psychologen die Bedeutung der Vergebung. Warum möchte der Vater, dass wir anderen vergeben? Ganz einfach:

Wenn mir Unrecht zugefügt wurde und ich nicht vergebe, bildet sich in meinem Herzen eine Wurzel der Bitterkeit, die mir schadet und mich im Extremfall sogar zerstören kann. Bitterkeit ist wie ein Krebsgeschwür, das entfernt werden muss. Das gelingt einzig und allein durch Vergebung. Wenn ich etwas vergebe, dann lasse ich es los. Ich beende eine Geschichte, die für mich und andere vielleicht schmerzhaft oder auch demütigend war. Damit bin ich frei für Neues.

Vergeben bedeutet keinesfalls, dem zu zustimmen, was der andere getan hat.

Vergebung und Zustimmung sind zwei völlig verschiedene Dinge. Vergeben ist ein Willensakt und hat nichts mit meinen Gefühlen zu tun. Es ist einfach ein Akt der Befreiung für alle Beteiligten.

Ich habe in meinem eigenen Leben erlebt, wie ich durch bewusstes Vergeben vieles aus meiner Vergangenheit aufarbeiten konnte und schon allein dadurch zu einem größeren Selbstbewusstsein gelangte. Auch die Beziehungen zu meinen Mitmenschen wurden durch das Bewusstsein, vergeben zu können um vieles entspannter.

Ich möchte Ihnen noch so vieles erzählen. Es gibt noch so viele Schätze in dem Liebesbrief des Vaters zu entdecken. Und es gibt unendlich viele Menschen, die die gleiche Freundschaft zu El Shaddaj pflegen, wie Sie es jetzt tun. Überall auf unserem Planeten können Ihnen Menschen erzählen, wie der Vater ihr Leben verändert, bereichert, lebenswert gemacht hat. Freiheit und Liebe. Das sind die Prinzipien des Vaters, nicht Religion und Unterdrückung. Das Leben ist ja so spannend.

Wenn Sie den Inhalt dieses Buches verinnerlicht haben, dann wissen Sie schon wirklich viel über Ihre neue Familie und doch noch so unendlich wenig im Vergleich zu dem, was es zu entdecken gibt.

Möchten Sie über dieses Buch reden, über die Erfahrungen, die Sie beim Lesen gemacht haben? Haben Sie Fragen?

Wenn Ihnen dieses Buch geschenkt wurde, dann sprechen Sie mit dem Menschen, von dem Sie es bekommen haben. Er wird Ihnen weiterhelfen.
Wenn Sie niemanden kennen, nehmen Sie Kontakt mit uns auf. Wir zeigen Ihnen, wo Sie Menschen finden, die das gleiche erlebt haben.

Ich schließe dieses Buch mit dem Text aus Epheser 3,14-21, den ich für Sie und alle die dieses Buch lesen bete:

„Ich knie vor Dir Gott nieder und bete zu Dir. Du bist der Vater, von dem alle irdischen und himmlischen Wesen ihr Leben haben.

Vater, ich bitte Dich, dass Du uns aus dem Reichtum Deiner Herrlichkeit beschenkst und uns durch Deinen Heiligen Geist innerlich stark machst.

Ich bitte Dich, dass Christus durch das Vertrauen, das wir zu Ihm haben in uns lebt und dass wir fest in der gegenseitigen Liebe wurzeln und unser ganzes Leben darauf bauen.

Ich bitte Dich, dass wir zusammen mit dem ganzen Volk Gottes begreifen lernen, was in Wahrheit Dein Geheimnis ist:

Lass uns erkennen, wie unermesslich die Liebe ist, die Du Jesus, zu uns hast und die alles Begreifen weit übersteigt.

Lass uns erkennen, was die Länge und die Breite, was die Höhe und die Tiefe Deiner Liebe ist.

Dann wird Deine göttliche Lebensmacht uns mehr und mehr erfüllen.

Du Vater kannst unendlich viel mehr an uns tun, als wir jemals von Dir erbitten oder auch nur ausdenken können. So mächtig ist die Kraft, mit der Du in uns, Deinen Kindern wirkst.

Anbetung sei Dir, in der Gemeinde und durch Jesus Christus in alle Ewigkeit. Amen."

Kontaktdaten

Sie können mit uns über den Verlag oder über die unten stehenden Internet-Adressen Kontakt aufnehmen.

signorarosa@gmx.de

www.signora-rosa.de